당신은 북천에서 온 사람

당신은 북천에서 온 사람

이대흠 시집

창비

차
례

제1부

그 말에 들었다

천관(天冠)

강으로 간 새들이
강을 물고 돌아오는 저물녘에 차를 마신다

막 돋아난 개밥바라기를 보며
별의 뒤편 그늘을 생각하는 동안

노을은 바위에 들고
바위는 노을을 새긴다

오랜만에 바위와
놀빛처럼 마주 앉은 그대와 나는 말이 없고

먼 데 갔다 온 새들이
어둠에 덧칠된다

참 멀리 갔구나 싶어도
거기 있고

참 멀리 왔구나 싶어도

여기 있다

베릿내에서는 별들이 뿌리를 씻는다

이 여윈 숲 그늘에 꽃 피어날 때의 소리를 들을 수 있는 작은 방 하나 있었으면 좋겠다 거기에서 당신의 무릎을 바라보며 세월이 어떻게 동그란 무늬로 익어가는지 천천히 지켜보다가 달빛 내리는 언덕을 쳐다보며 꽃의 고통과 꽃의 숨결로 살아가는 일의 어려움에 대해 가만 생각해보았으면 하는 것이다

먼 데 있는 강물은 제 소리를 지우며 흘러가고 베릿내 골짜기에는 지친 별들이 내려와 제 뿌리를 씻을 것이다 그런 날엔 삶의 난간을 겨우 넘어온 당신에게 가장 높은 난간이 별에 더 가까운 것이라고 그래서 살아 있는 새들은 하늘 한칸 얻어 집을 짓는 것이라고 눈으로 말해주고 싶다

서러운 날들은 입김에 지워지는 성에꽃처럼 잠시 머물 뿐 창을 지우지는 못한다 우리의 삶은 쉬 더러워지는 창이지만 먼지가 끼더라도 눈비를 맞더라도 창이 아니었던 적은 없었으니 뜨거운 눈물로 서러움을 씻고 맨발로 맨몸으로 꽃 세상을 만드는 저 동백처럼 더 푸르게 울어버리자고 그리하면 어둠에 뿌리내린 별들이 더 빛나듯 울 일 많았던

우리의 눈동자가 더 반짝일 것이라고

옛날 우표

혀가 풀이었던 시절이 있었지
먼 데 있는 그대에게 나를 태워 보낼 때
우표를 혀끝으로 붙이면
내 마음도 찰싹 붙어서 그대를 내 쪽으로
끌어당길 수 있었지 혀가 풀이 되어
그대와 나를 이었던 옛날 우표

그건 다만 추억 속에서나 있었을 뿐이지
어떤 본드나 풀보다도 더 단단히
서로를 묶을 수 있었던 시절

혀가 풀이어서
그대가 아무리 먼 곳에 있더라도
우리는 떨어질 수 없었지

혀가 풀이었던 시절이 있었지
사람의 말이 푸르게 돋아
순이 되고 싹이 되고
이파리가 되어 펄럭이다가

마침내 꽃으로 달아올랐던 시절

그대의 손끝에서 만져질 때마다
내 혀는 얼마나 달아올랐을까
그대의 혀가 내게로 올 때마다
나는 얼마나 뜨거운 꿈을 꾸었던가

그대의 말과 나의 꿈이 초원을 이루고
이따금은 배부른 말떼가 언덕을 오르곤 하였지
세상에서 가장 맑은 바람이 혀로 들고
세상에서 가장 순한 귀들이 풀로 듣던 시절

그런 옛날이 내게도 있었지

그 말에 들었다

집이 참 좋다고들 하였다

골짜기에 머무르며
바람이 놀 마당도 닦았다고

하늘을 들여 하늘과 놀고
계곡 물소리 오시면
별자리 국자로
달빛을 나눠 먹는다고도 하였다
환하다고

문 열면 엎질러진 하늘이 출렁
가슴속까지 흘러들더라고 하였다
처마에 새소리 걸리고
꽃향기는 경전처럼 고인다더라

물소리를 귓바퀴로 감았다 풀며
하루를 흘러가노라고

하늘 다 차지하고
새소리 풀벌레 소리
꽃향기마저 독점했더라며
숲 그늘을 털썩 부려놓는 바람에
마음 두렁에 단풍 들었다

차마 집을 짓지 못하고
집을 삼았더라고
이름도 짓지 않아
어디라고 말하기도 어렵다고

풀의 집 여치의 집
하늘의 집 물소리의 집에
마음 구들장 널찍하게 깔아두었으니

다녀가시라 했다는 말에
벌써 들었다 하였다

큰 산

울지 마라 아픈 사람아

겨울이 가장 오래 머무는 저 큰 산이 너 아니더냐

헐렁한 봄

푸허르랑 우는 후허꾹이라
호랑호랑 호르랑 우는 허꾹이 소리라네
흐렁흐렁 흐르렁 흐르는 후허꾹이가
호랑호랑 호르랑 우는 후허꾹이 소리를
홀라당홀라당 벗기다가 제 소리에 홀랑 빠지고
호홀러랑당 홀라당 벗기려다가
홀랑 귀에
홀라당 잠기는

푸허르랑 푸허르랑 깰탕 벗는
헐렁한 봄

푸허르랑 푸허르랑 우는 후허꾹이 소리가
푸허르랑 푸허르랑 푸르게 허물어지는

얼룩의 얼굴

장구를 치다가 가죽에 번져 있는 얼룩을 본 적이 있다 커다란 몸뚱이를 감쌌던 소가죽이 몸을 다 잃고 매 맞아가면서도 놓지 않아 말라붙은 소 울음소리

그날의 소리는 죽지 않았고 떠나간 자들은 아주 떠나지 못한다

누군가를 오래 그리다보면 문득 그의 얼굴이 얼룩 속에서 살아난다 때로는 마음에 두지 않았던 얼굴이 나타나기도 하지만 뜻하지 않았을지라도 모르는 얼굴은 아니다 잊힌 한때에 내가 그리워했던 얼굴이거나 나를 잊지 못한 누군가가 난데없이 방문한 것

바람이 비의 몸으로 와서 남긴 발자국이라는 증언이 있었다 꽃의 숨결이 향기로 와서 쓰러진 것이라는 주장도 있었다 몇개의 인과는 바람에 꽃잎이 떨어지는 것과 같은 법, 그것들은 어떤 것에 대한 이야기일 뿐 모든 것을 증명할 수는 없다

내가 꽃의 혀를 건네면 너도 꽃의 말을 걸어온다 잎이거나 가시이거나 내가 준 것을 너는 갚으러 온다 지금이 아니라도 언젠가는 돌아온다 너와 나 사이에 있는 터뜨릴 수 없고 말랑한 벽, 거기서 얼룩이 태어난다

눌어붙은 주검이 있었던 검은 바닥에서 고양이 한마리 불쑥 튀어나와 담 너머로 사라진다

늙음에게

눈이 먼 것이 아니라
눈이 가려 봅니다

귀가 먼 것이 아니라
귀도 제 생각이 있어서
제가 듣고 싶은 것만 듣습니다

다 내 것이라 여겼던 손발인데
손은 손대로 하고 싶은 것 하게 하고
발도 제 뜻대로 하라고 그냥 둡니다

내 맘대로 이리저리 부리면
말을 듣지 않습니다

눈이 보여준 것만 보고
귀가 들려준 것만 듣고 삽니다

다만 꽃이 지는 소리를
눈으로 듣습니다

눈으로 듣고 귀로 보고
손으로는 마음을 만집니다

발은 또 천리 밖을 다녀와
걸음이 무겁습니다

목련

  사무쳐 잊히지 않는 이름이 있다면 목련이라 해야겠다
애써 지우려 하면 오히려 음각으로 새겨지는 그 이름을 연
꽃으로 모시지 않으면 어떻게 견딜 수 있으랴 한때 내 그
리움은 겨울 목련처럼 앙상하였으나 치통처럼 저리 다시
꽃 돋는 것이니

  그 이름이 하 맑아 그대로 둘 수가 없으면 그 사람은 그
냥 푸른 하늘로 놓아두고 맺히는 내 마음만 꽃받침이 되어
야지 목련꽃 송이마다 마음을 달아두고 하늘빛 같은 그 사
람을 꽃자리에 앉혀야지 그리움이 아니었다면 어찌 꽃이
폈겠냐고 그리 오래 허공으로 계시면 내가 어찌 꽃으로 울
지 않겠냐고 흔들려도 봐야지

  또 바람에 쓸쓸히 질 것이라고
  이건 다만 사랑의 습관이라고

너무 꼭 끼고 구겨진 우울을 입은 저물 무렵

문득,
먼지 하나에도 한 우주가 들어 있을 것 같다는 생각이
들었던 건
당신이 내게
말해봐,라고 하였던 순간

나는 노을처럼 그저 있는데
말해봐,라는 그 말은

내가 나에게서 조금 더 벗어나야 대답이 가능하리라는 것
그건 마치
너무 꼭 끼고 구겨진 이 우울을 벗어버리고
저 마지막 햇살을 향해
벌거벗고 뛰어가라는 신호 같았지

그게 당신이라는 별에 닿을 수 있는 유일한 방법?

노을이 좋군
내가 대답했지

당신은 엉킨 철사 뭉치를 내던지듯
답답함을 내 앞에 쌓기 시작했어

나라는 먼지와
당신이라는 먼지가
전혀 다른 별이라는 게 자명해지는
저물 무렵

이 저녁은 너무 꽉 낀 청바지 같아
숨이 막혀

당신을,
맨 처음 어머니의 젖꼭지에서
죽음을 맛보았을 때처럼
엄마,
혹은
맘마라고 부르고 싶다고 생각했던 것도 잠깐

말해봐,라는 말에
내 밖의 것만 생각했던 나는
내 생각 끝에 놀랐지
그건 내 안의 미지에 대한 것

아무리 속도를 내어도
나에게로 가는 길이 너무 멀게 느껴져서
문득 차를 세우고 뒤돌아보았어

그때
당신은 말했지
어떤 그늘도 자기를 만들지는 못해

제 2 부

탐진 시편

물의 경전
탐진 시편 2

보아라
더 자세히 들여다보아라
꽃이었다가 잎이었다가
녹슨 칼처럼 굳은 혀였다가
흙이 되는 말씀을

언제 어느 때고 세월은 도둑처럼 다녀가고
물의 말씀을 화석으로 남기려다가
끝내는 물이 되어 흘러가는 무모한 사람들

마저도

물의 경전에서는 살아 있나니

보아라
서러운 것
바라는 것
생의 환희 같은 것이
다만 여백으로 기록되는 물의 경전을 보아라

바서지면 촤르르 방울 소리 같고
튀어오르면 동글 별 싸라기 같고
싹의 숨결 같은 말씀들이 또랑또랑 모여서
지금 흘러가고 있지 않느냐

외로운 자들이 흘려보낸 귀가
물낯에 노을 비늘로 듣는다
떠났던 소년들의 종아리가
여기 돋아나온다

가장 미워했던 얼굴이
연둣물 들어 햇잎으로 오고
가장 사랑했던 사람이
눈동자를 잃고 흐리로 괸다

사랑했던가?
행복했던가?
물으며 묻지 않으며

다시 태어나는 한방울의 죽음

모래알 같은 환희를 씻는
물의 경전을 잃어라

창랑(滄浪)
탐진 시편 3

오래도록 물낯에 그림자를 놓아둔다

서늘한 물결은 함부로 흔들리고 마음은 습습하고 눈은 어둡다

아침엔 그대 그림자가 나를 안고 이내 멀어졌다

나는 산 아래에 있고 물을 내려다본다

산빛이 짙을수록 강색은 깊어진다

출렁이는 내 그림자는 흘러가지 않고 강에겐 발톱이 없다

내 그림자가 그대에게 닿을 무렵 우리의 날은 저물 것이다

사인
탐진 시편 4

    당신의 이름을 지우려고 문지른 자리에 강이 생겼습니다 손끝 하나 스쳤을 뿐인데 숲이 운다고 합니다 가만가만히 속삭였을 뿐인데 꽃이 진다고 합니다

동백정 아침
탐진 시편 5

　눈 감으면 귀부랄에 노을을 단 어린 강이 찰방거리며 다
가온다 돌아가고 싶지 않아서 다시 읽고 싶은 시절이여

　또 뒤척이는 밤이면 볼 아래로 출렁 강 물결이 와서 부
딪친다

물은 왜 너에게서 나에게로 흘러오나
탐진 시편 6

   그녀는 내게 손목을 주었을 뿐인데 내 손바닥에 강이 생겼다 어린 그녀의 손금 같은 강이 흐르고 강가의 돌멩이처럼 작아진 나는 굳어버린 귀로 물소리를 흘리고 있었다 손금의 강에 스며든 말은 얼마나 많은 모래 알갱이가 되었을까 희미하게 그녀가 모래알처럼 웃을 때 나는 모래알 같은 그녀의 웃음에 조금씩 부서져내렸다 그녀의 손목이 모래톱 같다고 느꼈던 그 순간에 내일은 모래가 되고 오지 않을 손목에 머리를 기대고 싶었던 나는 울며 졸이며 굳어가는 조청 같은 나의 생을 보면서 세상에서 가장 여린 손목 하나를 강으로 놓아두었다

물마장골
탐진 시편 12

물 맞았다
물 맞았다
물마장골에는

피부병이나 종창을 앓는 사람이 그 물을 맞으면 씻은 듯
이 낫는다고 하여 참꽃이 필 무렵이면 찾아가는 이들이 있
었다 개꽃 피기 전

횟배를 앓던 백구가 덫에 걸린 채 발견된 곳도 물마장골
이었다

묏등 많은 산줄기들이 숨 고르며 모여들고
땅가시 우거져 고무신 신고는 가기 힘든 곳

물마장골에는 물칡이 널렸다 밥칡보다는 솔칡이 많았
다 칡을 캐려다가 겨울잠에 든 구렁이를 캐내기도 하였다

천지동천
탐진 시편 13

  물방울과 물방울이 만나 재잘거리는 것 같던 사랑도 어
느날 절벽 아래로 뚝 떨어지듯 끝나는 날이 있다

  이십리 길 사구시로 술추렴 갔던, 김씨 제각에 살았던,
딸 셋에 아들 둘을 두었던, 떠돌이로 살다가 고란으로 살
다가 저기 인천 어딘가로 떠나갔던, 까무잡잡한 얼굴에 일
소처럼 부지런하고 눈망울이 크다랬던 전씨가

  사구시 술추렴집 마당에서 누기 시작한 오줌을 이십리
길바닥에 밤새도록 싸고 왔다던 오줌길이다
  아침에 나가보니, 집 마당에서 사구시까지 오줌길이 희
미하게 남아 있었다고 했다

  제 어미를 물어 죽인 어미 개의 젖을 먹고 자란 염소 새
끼가 음매애애애해 하고 어미를 부르면 어미 개가 음멍!
하고 화답을 하였던, 하늘길과 땅길이 이어진 길이다

  상수도 공사를 할 때 해골바가지가 네개나 나왔다는,
  마주 보이는 제암산에 나타난 도깨비불이 한번도 꺼진

적이 없었던,

거기 가서 보면 여기에 똑같은 불빛이 보인다는,

열댓살 때 처음 보았던 혼불이 허공을 빠르게 날다가 뚝 떨어졌던 곳도 거기였다

거북바위 등으로 떨어지는 물줄기가 질겨서 거기서 나온 고동들은 토란순같이 길쭉하고 껍데기가 쥐밤 같고 속은 전복 살처럼 단단하여 고동을 파먹으며 시퍼런 개똥불이 날고 산수국 꽃 같은 도깨비들이 바짓가랭이를 붙잡을 때도 있다 하였다

미끼
탐진 시편 15

호박꽃술 따 개구리를 잡았습니다

개구리 뒷다리로 참게를 낚았습니다

간장에 절여진 참게, 그 죽음을 물었습니다

소를 삼킨 메기
탐진 시편 16

저 혼자서만 흐르지 않던 강이
오로지 혼자가 되어 흐르는
탐진강 순지마을 앞 독실포에 가면
황소를 삼킨 메기가 있다니까
한입에 소를 삼킨 메기가
저에게 놀라서 뛰룩뛰룩 눈알을 굴리다가
뛰룩뛰룩 새로 눈 뜨는
제 눈동자 굴러가는 소리에 놀라서
거품을 물고 거품을 뱉고
다시 또 거품을 물다가
제 눈을 감추기 위해 깊이를 알 수 없는 소에 들어갔다
는데
그날의 메기는 몸속에 든 황소가 날뛰는 바람에
몸뚱이는 소가 되어 달아나버리고
놀란 그때의 눈동자만
다시 뛰룩뛰룩 떠올라
하늘길을 내려는 듯 꿈틀거리는
그런 메기가 지금도
뛰룩뛰룩 눈알을 굴리고 있어

보림사, 얼굴 없는 부처

탑진 시편 17

보림사에 가면 목이 뚝 잘린
부처가 있다니까
얼굴이 없으니 부처상이라고 말하기도 어려운
사람 몸 같은 돌덩이 하나 있다니까

안타깝게도 두상이 사라져서
문화재로서의 가치가 떨어진다고
장모창 학예사가 말을 하지만
사실은,

돌부처가 제 얼굴을 버린 거야

천년을 묵언수행했지만
도무지 제 눈도 밝힐 수 없어
자기 목을 그만 뎅겅 잘라낸 거지

얼굴이었던 돌멩이는
어느 집 죽담에 굄돌로 주고

기다렸던 거야

어디 살아 있는 부처가 없나 하고

부춘

나무는 가만히 서 있는 게 아니다
나무는 흐른다,라고 생각하고 있었더니
바닥에서 별이 돋아났다

나는 너무 함부로 아름답다는 말을 해왔다

…… 그래서 당신
나는,

경호정

어제는 풀꽃 향기가 발목을 쪼아 먹더니
아침엔 지빠귀 소리가 귀를 가져갔다
봄보다 느리게 흘러 강가로 가는데
파르랑 파르랑 흰나비가 눈을 데려가고
콧구멍은 매화 향기가 다 잡수셨다
경호정에 이르러 늙은 버들 새 가지에
순스름한 숨결 들이다
호흡마저 놓쳐버리자
나는 아예 지워지고 강만 남았다

제 3 부

호계고모네 달구장태

강진

가뭄 끝 오그라든 물외 쓴맛 같은 이야기다 강진은
말랑한 구름이 시퍼런 하늘에 푸때죽처럼 퍼진 새벽 풍
경이다

남의 동네 같지 않았는데 평생을 살아도 낯설다는 매운
탕집 여자의 매운 손맛 같다

와보랑께와보랑께로
거보랑께거보랑께로
그란당께그란당께로

늙은이나 어린애나 머슴집 배곯은 개까지도 고개를 까
딱까딱했다던 강진

장흥

장흥에서 조금 살다보면 누구든지
장흥 사람들이 장흥을
자웅이라 부른다는 것을 알게 된다

하지만 자웅을 알게 되었다고 해서
장흥 사람이 되는 것은 아니다

장흥 사는 사람과
자웅 사람은 다르다

자웅 장에 가서
칠거리 본전통이나 지전머리를
바지 자락으로 쓸어본 사람이라야 겨우
물짠 자웅 사람이 된다

독실보건 백룡쏘건
예양강에 붙은 어느 또랑에서라도
뫼욕을 해본 경험이 있다면
자웅에 간이 배고

자웅으로 척척해진 사람이랄 수 있다

자웅에 아조 뿌리를 내리면
장서 나서
장서 자라고
장가 있는 장고나
장여고를 나온 토백이가 된다

장흥에서 자웅으로 가는 데는
십년이 족히 걸리고
자웅에서 또 자앙, 장으로 가는 데는
다시 몇십년이 걸린다

거기다가
'자웅가'라는 말이
'장흥에'라는 뜻으로 쓰인다는 것을
알기에는 너무 먼 거리인데다
비포장도로라서
어지간한 사람은

돈밧재를 넘기도 전에
힘이 파하고 만다

천원집

우리 동네 삼거리엔 구멍가게 하나 있는데요

가게나 점방이라는 간판도 없이 한 사십여년 장사하는
집인데요

팔순인 월평 할머니가 하루에 과자나 두어봉지 파는 곳
인데요

물건 사러 온 손님이 가격표 보고 알아서 돈 주고 가고

외상값 같은 것도 알아서 머릿속에 적어넣어야 하는 곳
인데요

전에는 하루에 막걸리 두말도 팔고 담배도 보루째 팔았
대요

글 모르는 월평 할머니와 글 모르는 손님이 만나면

물건값이 눈대중으로 매겨지는 집이기도 하지요

물건값은 따로 있는 게 아니고 쓸 사람이 정하는 것이
라는

월평 할머니의 경제학이 통하는 곳인데요

가격표 같은 것은 그저 참고사항에 불과한 것이고요

낱돈 없는 날에는 구백원짜리가 천원짜리가 되고

천이백원짜리도 천원짜리가 되어서

그냥 천원집이라 불리는 집인데요

한 십년 묵은 외상값이 부조금이 되기도 하는
천원집이 있기는 있었는데요

때안쓰는 살살 쳐사 쓴당께는

김막내 여사 뽀두락지처럼
말이 불컸다

영감이 미쳤능갑네
이 나이에 무신 사랑이라고
언제 문턱 넘다가 자뿌라질지도 몰름서……

황씨의 고백을
헌신짝 버리듯 밀쳐두고
콩밭 매는 며칠 동안
엉뎅이는 쌜룩
마음속 스텝이 자꾸 엉켰다

그래도 황씨가 댄스 추다가
발목이 접질려 입원했다는 말 듣고
젤 싸게 온 건 김 여사였다

새카매진 김막내 여사 들어선 병실
침대 모서리가 갑자기 환해졌다

막내님이 안 나와서
박 여사랑 추다가 그랬당께

영감이 미쳤능갑네이
때안쓰는 맞춰감서 살살 쳐사 쓴당께는
아무 디나 밟고 댕김서 이 지랄이여!

참말로 내가 미치겄네이잉

남편과 나편

동네에서는 부끄러워 배우러 다니지 못했다며
한시간 거리인 나주에서
한글 배우러 다니는 남평 할머니

버스 타고 오시냐는 말에 빙그레 웃기만 하더니
받아쓰기 시간에 속마음을 다 들켰다

우리나라를 우리나라로
아버지를 아버지로
어머니를 어머니로 똑바로 잘 썼는데
남편을 쓰랬더니
또박또박
나편이라고
바르게 틀렸다

남편을 써보라니까요
다시 말해도
어떻게 영감님을 남의 편이라고 하냐며
그건 잘못된 말이라고

끝까지 나편이란다

호계고모네 달구장태

 호계고모네 물레 아래는요 길다란 달구장태가 있었는
데요
 황토를 이겨 만든 그 닭집엔 어른 머리통만 한 쇠문이
있고 물레 밑에서 말레 밑을 거쳐 고방 밑까지 이어진 그
붉은 달구장태 속을 끝까지 기어들어간 사람은 하나도 없
었지요

 씨암탉이 꼬꼬댁 꼬고고루 알 굴리는 소리를 하고 달구
장태에서 나오면
 당글게를 밀어넣어 달걀을 꺼내곤 하였는데 어떤 닭은
너무 깊숙한 곳에 알을 낳아 당글게로도 간짓대로도 알을
빼낼 수 없을 때가 있었지요

 그런 알은 쥐 이빨에 구멍이 나거나 병아리떼로 기어나
오는 것이었는데
 물렁한 사촌과 달리 차돌 같았던 나는 그 안을 기어들어
가 달걀을 훔쳐 먹곤 하였는데
 어둡고 긴 그 방에 들어가면 몸을 움쩍거릴 순 없었지만
맥랑처럼 일렁이던 마음도 북돋은 뒤의 보리 뿌리처럼 고

요해졌지요

그런 어느날에 암탉과 자리 바꾸듯 들어간 내 손에 막
낳은 달걀이 닿았는데 뜨거운 그 알은 내 조가야 내 조가
야 하는 고모 목소리처럼 물렁하고 따뜻하고 둥근 것이었
지요

어머니에게 모진 지천을 듣고 밤중에 오리 길을 걸어가
하필이면 고모네 그 붉은 달구장태에 들어가 뜨거운 닭들
을 품고 자다가 기어이 닭 한마리를 이바지로 받아들고서
야 집으로 돌아왔던 날도 있었지요

늦가을 들녘

널펑네 양반 돼지 한마리 팔고 오는 길에

젤 먼저 국밥집 들러 막걸리 두되 마시고 현찰로 줘불고
밀린 술값까지 탈탈 털어 쥐알려불고
내친 짐에 옆자리에 앉아 있던 종재기골 양반네 막걸리
값까지 개러불고
  종묘상 들러 고추 모종값 갚어불고
  지물포에 가서 지난저슬에 샀던 창호지값 벡지값 지와
불고
  지전머리 단골 점방에 가서 묵은 외상값 죽에불고
  빚내서 사기는 뭐했던 손지년 빚 하나 현찰로 사불고
  걸레짝이 다 된 마누래 빤스 브라자에 지폐 몇장 볼라불
라다가
  크음 하고 돌아서서 방엣간 떡값 밀린 것 잉끼레불고
  농협에 가서 비료값 꼴랑지 짤라불고
  집이 가불라고 차부에 들렀는디 널펑네 처삼촌을 만나
불고 나서는 또
  이바지로 과일 조깐 사서 앵게줄 때게 지갑 열어불고
  쐬주 두뱅 사 엄버줌서 괴춤 또 풀어불고

슈퍼에 들러 음료수 두뼝 삼서 조마니돈 털어불고
풍로 바람에 검불 날리대끼 다 까묵어불고
마침내 차표 한장 딸랑 바까서는
빙골로
빙골로 돌아가는 저 늦가을 들녘

성스러운 밤

객지 생활 삼십년 넘게 떠돌아다니던 홀아비 만수 형님 갯일에 노가다에 쉰 넘어 바닷가에 집 한칸 장만했는데요

엄니, 지가 집 사먼 제주도 오신닥 했지라이 이참에 제주도 한번 놀러 와부씨요

그렇게 늙은 부모님 모시고 며칠을 지냈는데요 낮에는 화물차로 꽃구경 물 구경 사람 구경 다니고 밤이면 마당에서 고기 귀 먹고 우영밭 고추도 따먹고 지난 시절 얘기를 맛나게도 버무려 서로의 입에 넣어주기도 했는데요

집도 있겠다 부모님도 계시겠다 콧노래를 달고 다녔던 만수 형님 어느날은 술 잔뜩 마시고 흥얼거리며 새벽녘에 들어왔더니요 그때까지 도란거리던 노인들이 중늙은이 된 아들놈 잠자리까지 챙겨놔서 젖먹이 때인 듯 살포시 잠들었던 것인데요

꿈결인 듯 아닌 듯 파도 소리가 막 들려오더래요 처음엔 파도가 파도를 베끼는 소린 줄 알았다가 바람이 파도를 일

으키는 소린 줄 알았는데요 알고 보니 몸이 몸을 읽어가는 소리였는데요 칠십 줄 넘은 노인들이 한 오십년 읽어왔던 서로의 몸을 다시 읽는 소리였는데요

처음에는 얼굴이 붉어졌는데 가만 생각하니 너무 성스러워 고맙고 고맙더래요 애 낳기에는 늦어버린 허공이 된 몸들이 애를 쓰고 있었는데 그 소리에 더 묻히다보니 거기서 나오는 바람 소리와 파도 소리가 혼자 노는 게 아니더래요

그래요 그것은 우주가 알 스는 소리였는데요 우주의 숨을 낳고 기르다가 다시 우주로 돌려주는 것이었는데요

그것참 그것참 기가 막히다는 말로밖에는 표현할 수 없는 음악이었는데요 파도 소리 같기도 하고 바람 소리 같기도 하고 스님의 새벽 독경 소리처럼 끊어질 듯 끊어지지 않는 그 소리가 바람이 되어 파도가 되어 몇굽이를 넘어가는 눈치였는데요

똥이라는 말을 꽃이라는 말로 바꾸면

똥이라는 말을 꽃이라는 말로 바꾸면
아침마다 나는 꽃 싸는 사람이 되지요

물꽃도 싸고 된꽃도 싸고
어쩌다가 설사꽃도 좌르르
조팝나무 꽃떼처럼
내어놓기도 하지요

내가 꽃을 내어놓는 순간
세상은 꽃향기로 가득 차는 것 같지요

또 꽃이라는 말을 똥이라는 말로 바꾸면

감나무는 감나무똥을 싸고
사과나무는 사과나무똥을 싸지요
하늘을 채울 듯 싸놓은 보리수나무똥 틈으로
새들은 또 아침부터 노래똥을 싸질러놓았네요

세상의 거름 되는 일이

똥 싸는 일이고
꽃 싸는 일이라는 듯

아카시아 고 가시내
길 모롱이 돌아가는 곳에
또 꽃을 싸놓았네요

칠량에서 만난 옹구쟁이

　요새는 유약이라고 허제 요런조런 색깔을 이삐게도 내싸제 시체에 화장빨 세우는 격이여 기둥 썩은 집에 뺑끼 칠한 식이제

　옹구쟁이 잿물은 딴 거 없어 솔가리 태운 재는 솔가리 태운 재대로 짚가리 태운 재는 짚가리 태운 재대로 뻿신 억새 태운 재는 또 그것대로 색깔이 적저금 달부제이잉 옹구쟁이라 하면 설익은 잿물은 안 쓰는 벱이여 얼렁뚱땅 만든 잿물은 겉만 빤지르한 것잉께 잿물이라먼 그래도 한 삼 년은 폭 삭어사써 그런 잿물로 그륵을 궈사 색에 뿌리가 생기제

　사람도 그란 것이여

한애의 뿌락데기

한애의 소마구엔 뿌락데기 소
뛰끼기도 에로운 뿌락데기 소
콧김 씩씩 사나워도 힘이 좋은 소

호랭이 눈썹 한애는 뿌라쉬 같았다 황소 끌어 쟁기질하
고 쉴 참도 없이 논둑 부치고 코흘리개 동생들 넷 데리고
구루마 끌고 대접으로 막걸리 걸치며 장에 다녔다 소 흥정
물꼬 쌈에 깡다구 좋아 짜리몽땅한 키에도 쌈꾼이었다 쇠
전머리 지전거리 주막거리 진골목 온뚝길 됭겟똥을 쓸고
다니며 장꾼들 모다 없고 새내끼로 묶은 짐 우게 이따금은
눈 맞은 과수댁을 실어오기도 하였다

구루마 뒤에는 칡넝쿨이나 밧줄에 묶여 질질 끌려오는
디아지나 홍에가 있기도 했는데
디아지 눈동자는 까맣고 뛰룩뛰룩하고 홍에는 허옇게
독을 품어 껍질이 핀엿처럼 끈끈했다

써레질하다가 풀 뜯을 욕심에 논둑 너머 비까레로 달아
났던 뿌라쉬는

67

한애의 방맹이질에 뿔이 빠지고 뿔 빠진 데에는
손이 쑥 들어갈 만큼 고름 수렁이 생겼다

심 파인 뿌락데기를
다른 소장시에게 넘겨버리고 갑자기 늙은 한애는
밥도 국도 못 먹고 숟가락으로 배즙이나 떠먹여줘야 할
만큼 앓아버렸다

적벽돌처럼 단단했던 한애가
흙알갱이처럼 천천히 부서져내리는 것은
제 뿌리에 떨어진 솔가리가 썩어가는 것처럼 천천히 벌
어진 일이었으나
멈출 수 없는 것이었다

한애의 마지막 아내였던 구름치 함무니는 하이얀 모시
옷에 목소리도 낮아서 흰 메꽃 같았다
숨 거두기 이틀 전 한애는
함무니가 갈아준 배즙을 당신이 먹지 않고
굼벵이 눈동자 같은 눈알을 또륵또륵 굴리고 있던 내게

먹이라고 하였다

    그날 나는 처음으로 배 맛을 보았고

    한애는 홍에 독 같은 가래를 뱉어내고는 황토가 되어갔다

    마을에서 가장 높은 곳에 있는 한애의 무덤에는 풀도 돋지 않고

    바람 많은 날이면 온 산을 울리는 호통 소리 같은 게 지금도 쩌렁쩌렁하다

아뿔싸

눈썹처마에 가려 하늘을 보지 못했네

제 4 부

눈물별

구름 사냥꾼 1

일기가 구겨진 날이다
아버지는 담배 연기로 구름을 만들었다
양떼와 메밀밭이 펼쳐진 구름
아버지에겐 언제든 구름 풀밭의 양떼와 구름 논의 메밀
밭과
　구름으로 쌓은 노적봉이 있었다

아버지의 대기권은 10대 종갓집 문턱이었다
그 안에서 아버지는 매인 염소처럼
구름을 뜯어 먹었다

아버지! 구름 솜사탕은 아무리 먹어도 배부르지 않아요

아버지는 구름을 부리지 않으면서
구름 한가운데 있었다

허공의 공기를 모아 공기총을 쏘면
구름이 잡히는 것이 아니라
감나무의 풋감이 날갯짓도 없이 떨어지곤 하였다

그럴 때면 아버지는 대나무밭에서
　대나무를 보고 서 있으며 대금 소리가 들리지 않느냐고
하였다
　이건 도무지 음악이 아니어요, 아버지
　아직 슬픔이 덜 익어서 그런 거지
　아버지는 피리 구멍에서 막 나온 소리처럼
　가늘게 말했다

세상의 소리들은 모두 어디로 갈까요?

　구름이 되는 거지
　세상에서 가장 부지런한 건 구름이란다
　무논의 논둑 한번 제대로 밟아보지 못한 아버지가 말
했다

　구름처럼 살다가 평생 동안
　구름 하나 잡지 못한 아버지처럼
　구름은 쉴 새 없이 무언가를 만들고

부수어 다시 만들었다

아버지의 밭에는 구름 콩, 구름 팥, 구름 동부가 있었다
아버지의 논에는 구름 나락, 구름 풀, 구름 개구리가 있
었다
보이지 않는 5대조 10대조 34대조가 있었다
빗방울처럼 쉬 부서지는 자식들이 있었다
아버지의 족보는 구름 족보였다

중요한 것은 지금 없단다
변하는 것만이 영원인 아버지의 경전에는
아버지가 없었다

잡히는 것이 오히려 허상이지
구름 사냥꾼 아버지는
마침내 구름이 되었다

아버지의 지게질

쟁기질 써레질은 한번도 해보지 않았던 아버지가 지게
질을 한 적이 딱 한번 있었다고 하였다

결혼하고 맞은 첫 겨울 혼자 까끔을 긁어 솔가리 나무를
했던 어머니는
남 보기 싫어서 아버지에게 함께 나르자고 했단다

아버지 지게에 석단을 징끼고 어머니 머리에는 넉단을
이었다

캄캄해진 산길을 내려오는데 앞선 어머니 귀에 탁탁탁
아버지 지겟발을 돌부리들이 시비 거는 소리가 들렸다

집에 와 나뭇간에 짐 부릴 때 보니 아버지 지게에서는
새끼줄만 달랑 떨어졌다

아버지의 벼 베기

온 가족이 벼 베기 하러 갈 때는 아버지도 함께였다

어머니는 여덟줄, 아버지는 넉줄, 어린 우리는 석줄이나 넉줄을 맡아서 베어가면 아버지만 뒤로 처졌다

낫질 한번 하고 허리 한번 펴고 낫질 세번엔 담배 한대를 꼬나물었다

담뱃불이 꺼지기 전에 새 담배를 이어 붙이고 새참 때만 지나면 힘들어서 못하겠다고 밥 먹으러 가자고 하였다

아버지 낫을 먼저 갈고 번갈아 낫 하나씩 쉬게 해가며 낫을 갈았지만 아버지가 간 낫은 날이 넘었다

어두워져 자식들이 제 몸뚱이보다 큰 나락짐을 져 나를 때면 아버지는 앓는 소리를 하며 지고 나르기에는 어림도 없어 보이는 방바닥을 지고 있었다

마당에 널어놓은 나락 덕석도 만지는 법 없이 틈만 나면

구들을 지고 집을 지켰다

　아버지는 그 무거운 짐을 끝까지 부려놓지 않고 종갓집
을 평생 지다 선산을 짊어지러 무덤에 누웠다

아버지의 담배 농사

수박 농사 참외 농사 버섯 하우스는 물론이고 마을에서
담배 농사를 처음으로 지은 것도 아버지였다

집게 같은 모종삽을 사오고 티눈 같은 담배씨도 구해왔
지만 아버지는 밭으로 가지 않았다

어머니와 팔남매가 땅심 좋다는 비까레밭에 고구마 대
신 담배를 심었다
가격을 헤아려보면 담뱃잎이 지폐처럼 보였다

하루 네갑의 담배를 태웠던 아버지 담뱃값을 줄일 수도
있을 것이라고 어린 형제들은 베랑빡에 기대어 속닥거렸다

잎담배가 마르기도 전에 담뱃잎을 먹은 것은 진딧물떼
였다

담배를 피우지 않고 갈아 먹거나 니코틴 액만 빨아 먹는
방법이 있다는 것을 그때 알았다

삼우(三虞)

　　당신이 세상의 모든 것을 여읠 때 비가 왔어요 허공 풍선에서 푸시시 빗방울들이 빠져나오고 모과나무 묵은 옹이는 마음에 불거진 남북처럼 불쑥 나타났어요 하늘에서 하늘이 다 달아나버리고 하늘이 지워졌어요 어제까지 보였던 당신인데 당신은 내 마음속으로 사라졌어요 보이지 않아서 더 분명해진 당신의 얼굴 당신은 오랫동안 주머니에 넣고 다니던 돌멩이처럼 어느 순간 버려졌어요

거울 속으로 온 손님

치매에 걸렸던 아버지는 소파에 앉아 있는 걸 좋아하셨다 소파 뒤에는 커다란 거울이 있어서 나를 볼 때마다 아버지를 보았던 소파였다 낡은 초록색 소파는 아버지의 마지막 주소지였다 아버지는 그곳에 자기 생을 다 놓고 앉아서 창밖만 바라보았다

어느날이었다

끼니때가 되어 아버지를 부르자 아버지가 소파에서 일어나더니, 거울 속 한 노인을 발견하고는 손을 내밀었다 같이 가서 밥 먹읍시다 하지만 거울 속 노인은 말을 듣지 않았다 아버지가 밥상 쪽으로 올수록 그 노인은 멀어졌다 어허, 자식들이 다 이해하니 같이 가잔 말이오 아버지가 여러번 권했으나, 거울 속 노인은 겸양한 사람이었다 아버지가 손을 내밀면 마주하여 손을 내밀었고, 등 돌려 밥상으로 오면 멀어졌다

그 노인은 끝까지 우리 집 밥상에 앉지 않았다 그날 아버지는 밥을 드시지 않았다 손님을 두고 어찌 예의 없이 우리끼리만 밥 먹냐고 한마디 하셨다 예의 없는 우리들은

손님으로 온 그 노인을 거울 속에 두고 숟가락을 들었다

얼마 뒤 아버지는 저승으로 가셨다 예의가 없어지셨다

구름 사냥꾼 4

제삿날이었다
아버지와 평상에 앉아 꼬챙이를 깎았다
목련이 지고 나니 서운하구나
속절없다

어린 시간이 댓살처럼
담배낫에 잘려나갔다
이팝꽃이 피었구나
별이 참 좋다
아버지가 말했다

그날은 날이 흐려서 별이 보이지 않았다
아버지, 별이 없는데요?
내가 말했다

빛이 보이지 않는 것이지
별이 없는 게 아니야

내게는 그 말씀이 별빛으로 남았다

호계(虎溪)

어머니, 그때는 제가 호랑이였지요
흐어엉 흐어엉 울면서
죽이지 않으면 죽을 수밖에 없어서
흐어엉 흐어엉 울면서 살았던 범이었어요

닭 잡아먹고 큰 사슴 한마리 잡아먹고
가시가 목에 걸려
꽃부리에 햇부리에 배 부비며 앓고 있을 때였지요

한 이레를 물이나 베어 먹고 살았는데요
늙은 중 하나가 오더니 가시를 쑥 빼주지 뭡니까
고맙고 눈물 났지요

정말이지 눈물 나게 고마웠지요
배고픈 놈 눈앞에
고깃국 고봉밥이 떡하니 있는 것이었으니

그 몸뚱이 참 알뜰하게 먹은 후
기운 차려 범 노릇 더 하려 하였지요

그런데요 어머니
늙은 중께 절하고 한입에 꿀꺽 삼켰는데요
그때부터 배 속이 요동을 치더군요

맑게 갠 창자라
마른하늘에 날벼락이려니 했는데
그게 아니었지요

몸속에 있던 꽃씨들이 뿌리를 뻗고
꽃 피워대는 바람에 그만
헛바람 들고 말았지요

꽃이 마려워
꽃이 마려워
그날부터 제가 마구 꽃 피기 시작한 거죠

그날의 늙은 중이 어머니였다는 건 진즉에 알았어도
생은 또 나비 무늬처럼 퍼석 지나가버렸으니

내가 살려고 먹은 어머니를 다시 꺼내놓을 수 없어서
이렇게 범 소리나 흉내 내며
그때의 늙은 중께 재롱 한번 떨어보는 것이지요

어머니,
어머니는 이생에서도
또 나를 먹이시고 살리시는데

속에서 꽃불이 일어 날뛰는 나는,
화끈화끈 꽃 피는 몸을 어쩌지 못하고 이렇게

나다

어머니는 내게 전화할 때 '나다'라고 하신다 말하는 나
와 말 듣는 나 사이가 구별되지 않는다 예전에 전화할 땐
'엄마다'라고 하셨는데 일흔 넘은 어머니는 '나다'란 말
외엔 하시지 않는다

그 말을 들을 때마다 내 몸이 어머니의 일부였다는 사실
이 떠오른다
어머니는 육체가 가는 걸 느끼며, 나였던 모든 것을 생
각하셨을까

나다, 나다, 나다,라는 어머니의 말을 듣다보면 다른 집
아이들은 물론이고 강아지나 새 새끼, 병아리나 고도리,
두엄 더미의 민들레까지 다 나여서, 나는 어느새 어미가
되고 만다

탯줄이 잘리면서부터 나는
어미였던 기억을 잊으려 했구나!

오래전부터 나인 태양이 뜨고 나인 바람이 분다 꽃인 내

가 피고 물인 내가 흐른다 나는 돌이고, 날씨고, 사랑이다
목숨인 나는 죽음이다

어머니 가신 후 나는
널 속에 누워 이렇게 말하리

나다!

눈물별

아버지는 어머니가 평생 흘려 모아 말린 별씨를 들고
어느날 훌쩍 하늘밭으로 가버리셨다

서쪽 하늘에 움 돋는 눈물별

구석에 버려진 조각 비누 같던 한생이
문득 아주 버려진 날

제 5 부

그대가 그대로 있는 것만이

당신은 북천에서 온 사람

당신은 북천에서 온 사람
이마에서 북천의 맑은 물이 출렁거린다
그 무엇도 미워하는 법을 모르기에
당신은 사랑만 하고
아파하지는 않는다

당신의 말은 향기로 시작되어
아주 작은 씨앗으로 사라진다

누군가가 북천으로 가는 길을 물으면
당신은 그의 눈동자를 들여다본다
거기 이미 출렁거리는 북천이 있다며
먼 하늘을 보듯이 당신은
물의 눈으로 바라본다

그러는 순간 그는
당신의 눈동자 속에 풍덩 빠진다

북천은 걸어서 가거나

헤엄쳐 갈 수 있는 곳이 아니라
당신 눈동자를 거치면
바로 갈 수 있지만
사람들은 그곳에 들어가지 못하고
걷거나 헤엄을 치다가
되돌아나온다

당신은 북천에서 온 사람

사랑을 할 줄만 알아서
무엇이든 다 주고
자신마저 남기지 않는다

북천의 봄

미안하지만 북천엔
봄이 오지 않는다

너의 맑은 눈동자 같은 씨앗은
영원히 묻힌다

유일한 희망은 적멸이라
나무들은 나이테를 가지지 못한다
자라는 순간 죽음으로 가는 말의 나무들

무서운 소문을 몰고 다녔던 바람은
얼음 골짜기에서 얼고

울음 속으로 들어간 자들은
얼어서 말이 없고

다른 별의 고요를 다 데려와도
북천에서는 시끄러울 뿐이다

북천에서는 그대가

그대로 있는 것만이 사랑이다

북천의 물

가장 맑은 것이 모여 북천인 게 아니라
온갖 더러움까지 다 들어 북천은
때 묻지 않는다

북천에서는
할 일 없어진 물은 물끼리 놀다 가고
나무는 나무끼리
향기는 향기끼리 섞이며 깔깔거린다

발가벗은 꽃과 알몸인 나비와
아무 데나 핀 나무와 풀과 짐승들이
먹고 놀고 싸는 일만 하다가
북천으로 흘러간다

별들도 제 궤도에서 마음껏 놀다가
우수수 떨어져내리고
어떤 별은 꽃으로 몸을 바꾸고
또 어떤 별은
사랑의 입술이 된다

꽃의 말과 새의 말과 사람의 말이
구분되지 않는 북천이라서
노래하는 새의 입에서 별빛이 쏟아지고
꽃향기는 말떼가 되어 내달리기도 한다

사람도 사랑도 새도 나비도 죽음도
꽃이나 별떼도 하나로 흐르는 북천

북천에 발 담그면 발은 나비가 되고
얼굴을 씻으면 환하게 지워진다

제 그림자를 몸 안에 거둔 이들이
북천이 되어 흘러가고

북천의 수국

북천의 수국은
꽃잎이 되기까지의 뜨거움을 감춘다

가령,
사랑한다라든가 그립다는 말 같은 것도
얼음 속에 가두어둔다

같이 걷고 싶다거나
너로 인해 내가 아름답다는 말도
물 속 깊은 데에 던져진 돌멩이에 불과하다

북천의 말로는
좋다와 싫다가 동의어이므로
불의 나라가 얼음의 나라이고
절망이 절정이다

북천의 수국은 동그란 나라
칼끝처럼 동그란 얼음의 나라

모두가 얼어붙을 북천의 수국은
꽃잎 하나 달기 위해 천년을 흐른다

북천에서 쓴 편지

북천에서 쓴 편지는 햇살에 녹아요
밤이 오면 다시 얼고 낮이면 또 녹지요

북천에서 쓴 편지는
언제 도착할지 알 수 없어요
북천에선 백년쯤이 순식간에 지나가죠
사랑의 말 두어자 적는 동안에 몇 생이 후딱 스쳐가버
리죠

북천에는 문자가 없어요
어떻게 마음을 옮겨 적을 수 있을까요?

북천에서 쓴 편지는
마음이 그대로 흘러가는 것이지요

그래요
사랑의 말을 편지로 쓴다는 건
얼고 녹고 부서지고 타버려도
사라지지 않을 알갱이 하나 전하는 것이지요

사람의 말이 얼었다가 녹았다가
싹이 돋았다가 지지요

그러는 동안에
당신이 죽어도 변하지 않을 살아 있는
말의 숲이 되는 거지요

말이라고 믿었던 것들이
풀이 되고 나무가 되고 나비가 되어
스미는 것이지요

북천의 여름

미안하다고 말하기보다는
북천의 여름이 시켰다고 하라

실수라는 말 대신에
북천의 여름이 저질렀다고 하라

사과라는 말을
북천의 여름 식으로 말하면
너와 지금 당장
없는 계절로 가자는 말이다

북천의 달빛

달이 빛나서 북천이 밝습니다
북천이 밝아서 당신이 보입니다
나를 보고 웃는 낯빛이 고요합니다

단 하나의 사랑을 지어 달로 띄워 올립니다

궁극적 성소(聖所)에 대한 열망으로서의 서정

유성호

1

　서정시는 절실한 자기확인과 그에 따른 스스럼없는 고백을 창작 동기로 삼을 때가 많다. 그것은 시인 스스로의 발견과 성찰 과정을 매개로 하여 섬세한 육체를 얻어간다. 그 저류(底流)에는 시인이 겪어온 경험 가운데 가장 깊은 기억을 만들어낸 것들이 녹아 있어서, 시인은 그 안에서 솟구치는 회상(回想)과 예기(豫期)의 순간을 통해 새로운 상상적 질서를 꿈꾸게 된다. 이대흠이 8년 만에 펴내는 신작 시집 『당신은 북천에서 온 사람』은 시인이 내면에서 쌓고 삭이고 갈무리해온 오랜 시간을 향하고 있다는 점에서 전형적인 서정 양식의 한 범례를 보여준다. 그 안에는 이제 지천명을 넘어선 시인의 원숙한 시선에 들어오는 삶의 궁극적 원형, 자신이 나고 자란 곳에 대한 근원적 구심력, 사라져간 시간에 대한 애착과 긍정, 누군가를 향한 은은하고도 가파른 사랑 같은 것들이 선연하게 농울친다. '북천'으로 상징되고 '장흥'이나 '탐진'이나 '아버지'로 한없이 파생되어가는 이 모든 근원적인 것들의 상상적 거소(居所)는 한결같이 애잔하고 아름다우며, 또한 신성(神聖)에 가까운 그 무엇을 담고 있다. 시인은 그곳의 아우라를 이렇게 그려낸다.

집이 참 좋다고들 하였다

골짜기에 머무르며
바람이 놀 마당도 닦았다고

하늘을 들여 하늘과 놀고
계곡 물소리 오시면
별자리 국자로
달빛을 나눠 먹는다고도 하였다
환하다고

문 열면 엎질러진 하늘이 출렁
가슴속까지 흘러들더라고 하였다
처마에 새소리 걸리고

꽃향기는 경전처럼 고인다더라

　　　　　　　　　　　—「그 말에 들었다」 부분

참 멀리 갔구나 싶어도

거기 있고

참 멀리 왔구나 싶어도

여기 있다

　　　　　　　　　　　—「천관(天冠)」 부분

　시인이 머무는 골짜기의 집은 사람들이 찾아와 "참 좋다고들" 하는 곳이다. "바람이 놀 마당"이거나 "하늘을 들여 하늘과 놀고" 더러는 "별자리 국자로/달빛을 나눠 먹는" 곳이니 말이다. 그렇게 환히 "처마에 새소리 걸리고/꽃향기는 경전처럼" 고이는 곳에서 "하늘 다 차지하고/새소리 풀벌레 소리/꽃향기마저 독점"하면서 살아가지만, 시인은 의외롭게도 "다녀가시라 했다는 말에/벌써 들었다 하였다"는 말로 이 원형적 공간에 대한 애착을 완결한다. 그런가 하면 '천관'은, 물리적으로는 시인의 고향 지명이지만, "강으로 간 새들이/강을 물고 돌아오는 저물녘"에 역시 "별의 뒤편 그늘을 생각하는" 곳으로 그 함의를 넓혀간다. 멀리 오고 갔지만 여전히 그곳에 머물러 있는 시간을 생각하면서, 시인은 "겨울이 가장 오래 머무는 저 큰 산"(「큰 산」)처럼 다가온 궁극적 원형으로서의 '천관'을 상상하는 것이다. 그렇게 '집'으로 '천관'으로 상징되는 곳에는 언제나 오랜 견딤과 위안과 평화의 시간이 있었을 것이다.

이대흠의 시는 이처럼 세계 내적 존재로서 가지는 어떤 시원(始原)에의 열망을 노래한다. 그는 여러 인간적인 슬픔의 조건들을 긍정적 마음으로 바꾸어내는 계기를 풍부하게 만들어감으로써 삶과 사물에 대한 근원적 외경의 순간을 포기하지 않는다. 그래서 그의 시편은 골짜기에 피어 있는 뭇 생명에 대한 미적 동경에서 발원하기도 하고, 훼손되지 않은 순수를 간직한 사물들의 기운을 덧입기도 한다. 이러한 미적 동경과 순수의 기운을 만들어내는 것은 그의 시에 편재(遍在)한 근원적 기억인 셈이다.

2

이대흠의 근원적 기억은 경험적 직접성을 통해 '장흥' '탐진' 같은 지명을 차례로 불러낸다. 이는 자연스럽게 자신의 존재론적 기원을 상상하고 탐구해가는 시인의 지향을 보여주는 방식일 것이다. 원래 한편의 작품 안에 나타난 시간이란 물리적 시간 그대로가 아니라, 경험의 시간이 작품 내적으로 재구성된 것일 터이다. 우리가 흔히 기억이라고 부르는 것도 시인의 마음에 보존된 미적 표지(標識)에 의해 구성된 것이니 말이다. 이대흠은 의식 건너편에 있는 이러한 기억을 우리에게 심미적으로 재현해 보여주면서 자신이 살아온 삶에 대한 성찰 제의(祭儀)를 적극 수행해간다. "서러운 것/바라는 것/생의 환희 같은 것이/다만 여백으로 기록되는"(「물의 경전」) 고향 '탐진'이 불러낸 기억을 한번 들여다보자.

그녀는 내게 손목을 주었을 뿐인데 내 손바닥에 강이 생겼다 어린 그녀의 손금 같은 강이 흐르고 강가의 돌멩이처럼 작아진 나는 굳어버린 귀로 물소리를 흘리고 있었다 손금의 강에 스며든 말은 얼마나 많은 모래 알갱이가 되었을까 희미하게 그녀가 모래알처럼 웃을 때 나는 모래알 같은 그녀의 웃음에 조금씩 부서져내렸다 그녀의 손목이 모래톱 같다고 느꼈던 그 순간에 내일은 모래가 되고 오지 않을 손목에 머리를 기대고 싶었던 나는 울며 졸이며 굳어가는 조청 같은 나의 생을 보면서 세상에서 가장 여린 손목 하나를 강으로 놓아두었다
　　　　　　　　　　—「물은 왜 너에게서 나에게로 흘러오나」 전문

이 아름다운 작품은 윤동주의 「소년」과 퍽 닮아 있다. 손바닥의 맑은 강물 속에 사랑처럼 슬픈 순이의 얼굴이 어릴 때 황홀히 눈을 감는 소년의 무구한 사랑을 그린 윤동주

의 시편을 이어, 이대흠의 시편은 슬프고도 순수한 사랑의 훤칠한 계보를 만들어낸다. 손바닥에 "그녀의 손금 같은 강"이 흐르는 것을 바라보고, 그 "손금의 강에 스며든" "모래알 같은 그녀의 웃음"에 부서져내리면서도 시인은 "세상에서 가장 여린 손목 하나를 강으로 놓아"둔다. 이제 그 "손금의 강에 스며든 말"은 "강가의 돌멩이처럼 작아진" 시인의 기억이 멈출 때까지 시인으로 하여금 황홀하게 눈 감게끔 할 것이다. 그렇게 '탐진'은 "산빛이 짙을수록 강색은 깊어진"(「창랑(滄浪)」) 감각적 기억과 "저 혼자서만 흐르지 않던 강이/오로지 혼자가 되어"(「소를 삼킨 메기」) 흘러 마침내 "나는 아예 지워지고 강만"(「경호정」) 남아버린 역설을 시인에게 허락하는 원천적 공간이 되고 있다.

옹구쟁이 잿물은 딴 거 없어 솔가리 태운 재는 솔가리 태운 재대로 짚가리 태운 재는 짚가리 태운 재대로 뺏신 억새 태운 재는 또 그것대로 색깔이 적저금 달부제이잉 옹구쟁이라 하면 설익은 잿물은 안 쓰는 법이여 얼렁뚱땅 만든 잿물은 겉만 빤지르한 것잉께 잿물이라면 그래도 한 삼년은 푹 삭어사써 그런 잿물로 그륵을 궈사 색에 뿌리가 생기제

사람도 그란 것이여

———「칠량에서 만난 옹구쟁이」부분

장흥에서 자웅으로 가는 데는
십년이 족히 걸리고
자웅에서 또 자앙, 장으로 가는 데는
다시 몇십년이 걸린다

—「장흥」 부분

'탐진'이 구성해낸 순수 원형의 기억은 이어서 '칠량'
'장흥' 등을 불러낸다. 시인은 '옹구쟁이'의 말을 빌려 "설
익은 잿물은 안 쓰는" 법이고 "얼렁뚱땅 만든 잿물은 겉만
빤지르한 것"이라는 엄연한 세상 이치를 전해준다. 잿물
이 한 삼년은 푹 삭아야 하고 그런 잿물로 그릇을 구워야
색에 뿌리가 생기듯, 사람도 그러하다는 인생론적 진실이
'옹구쟁이'의 말을 통해 살갑게 전해진다. 여기서 빛을 발
하는 것이 호남 방언의 구어적(口語的) 활력인데, 이대흠
은 최대한 이를 활용하여 다양한 고향 사람들의 뿌리와 그
것을 바라보는 자신의 시선을 결속해간다. 또한 "장흥에
서 자웅으로 가는 데" 걸린 세월과 "자웅에서 또 자앙, 장
으로 가는 데" 걸린 더 오랜 세월을 그 안에 어우러지게 하
여 자신만의 강렬한 점착력을 구현해낸다. 그 안에는 "가
뭄 끝 오그라든 물외 쓴맛 같은 이야기"(「강진」)도 있고,
"세상에서 가장 순한 귀들이 풀로 듣던 시절"(「옛날 우표」)
도 있을 것이다. 이처럼 시인은 지나간 시간을 현재적 정

서로 끌어올리면서 그 자체로 충만한 실재성을 부여해간다. 이는 시간의 불가역성을 거스르는 시인만의 특권이 나타나는 순간이고, 무의미한 시간을 충일한 의미의 시간으로 되돌리는 서정시의 첨예한 존재 방식을 증언하는 순간이기도 할 것이다.

3

이대흠은 경이롭게 소멸해가는 시간과 그 잔상을 통해 삶의 이면을 두루 투시해온 시인이다. 필연적인 소멸로 인해 생겨나는 불가피한 슬픔은 시인으로 하여금 빼어난 심미적 감각을 가지게끔 하는 선순환을 가져왔다. 이번 시집에서 이러한 원리를 가능케 해주는 핵심은 '아버지'로 나타난다. 어쩌면 이대흠은 가장 먼저, 선명한 서사적 얼개를 가지고 아버지의 삶과 죽음과 그 흔적을 이번 시집에서 재구(再構)하려고 했는지도 모른다. 그만큼 시인의 원체험으로 남은 상(像)은 단연 '아버지'이다. 오래도록 머무르면서 시인의 삶에 부단히 개입해 들어오는 아버지의 기억은 깊이 숨겨진 비밀처럼 잔잔하고도 속 깊은 이야기들로 번져간다. 그런 만큼 이대흠의 '아버지' 연작에는 아스라한 진정성과 기억의 구체가 함께 담겨 있다.

쟁기질 써레질은 한번도 해보지 않았던 아버지가 지
게질을 한 적이 딱 한번 있었다고 하였다

결혼하고 맞은 첫 겨울 혼자 까끔을 긁어 솔가리 나무
를 했던 어머니는
남 보기 싫어서 아버지에게 함께 나르자고 했단다

아버지 지게에 석단을 징끼고 어머니 머리에는 넉단
을 이었다

캄캄해진 산길을 내려오는데 앞선 어머니 귀에 탁탁탁
아버지 지겟발을 돌부리들이 시비 거는 소리가 들렸다

집에 와 나뭇간에 짐 부릴 때 보니 아버지 지게에서는
새끼줄만 달랑 떨어졌다
　　　　　　　　　　　　　　　──「아버지의 지게질」 전문

이대흠 시의 아버지는 "하루 네갑의 담배를 태웠던"(「아
버지의 담배 농사」) 분이다. "담배 연기로 구름을 만들" 정도
였으니 "구름 사냥꾼"이라는 별명이 어울렸다. "무논의 논
둑 한번 제대로 밟아보지 못한"(「구름 사냥꾼 1」) 아버지는
말년에 "치매에 걸렸던"(「거울 속으로 온 손님」) 잠깐의 기억
을 남긴 채 "그 무거운 짐을 끝까지 부려놓지 않고 종갓집

을 평생 지다 선산을 짊어지러 무덤에"(「아버지의 벼 베기」)
누웠다. 이렇게 시인은 몇해 전 돌아가신 아버지를 새삼
떠올려 "보이지 않아서 더 분명해진 당신의 얼굴"(「삼우(三
虞)」)을 그려간다. 위의 작품은 그 어떤 노동도 튼실하게 한
적 없던 아버지가 남긴 '지게질'에 대한 일화를 다룬다. 그
것도 "캄캄해진 산길을 내려"오면서 나무를 떨어뜨리고
결국 지게에는 "새끼줄만 달랑" 남겼던 애잔한 실수의 기
억을 말이다. 하지만 아버지는 시인에게 "그 말씀이 별빛
으로"(「구름 사냥꾼 4」) 남은 분이다. 생활력 강했던 아버지
가 아니라, 늘 뒤안길에만 계셨을 아버지에 대한 생생한
육친적 보고가 읽는 이들의 가슴을 울린다.

아버지는 어머니가 평생 흘려 모아 말린 별씨를 들고
어느날 훌쩍 하늘밭으로 가버리셨다

서쪽 하늘에 움 돋는 눈물별

구석에 버려진 조각 비누 같던 한생이
문득 아주 버려진 날

——「눈물별」 전문

'눈물별'은 "말씀이 별빛으로" 남은 아버지의 연장선상
에서 나온 이미지일 것이다. 아버지는 "어머니가 평생 흘

려 모아 말린 볍씨를 들고" 하늘로 가셨다. 그러니 "서쪽 하늘에 움 돋는 눈물별"이야말로 아버지의 "구석에 버려진 조각 비누 같던 한생"을 은유하는 슬픔의 상관물이 아닐 것인가. 떠난 이들에 대한 기억은 살아남은 이의 애틋한 시선에 의해 구성되기 마련이다. 이대흠이 선택하고 배열한 아버지에 대한 기억 역시 현재의 시인이 갈망하는 삶의 형식을 고스란히 담고 있는 셈이다. 그렇게 존재론적 기원으로서의 아버지는 시인이 회상하고 재현해내는 삶의 원형인 동시에, 지금 시인 자신이 잃어버리고 살아가는 아름다운 힘에 대한 그리움에서 발원되는 것일 터이다.

4

좋은 시는 인간의 모습을 이성적 분석에 한정하지 않고 감각적 현존을 통해서도 극명하게 그려낸다. 끝없이 우리의 현재를 탈환하는 시간예술로서의 성격을 유지한 채, 지금은 부재하는 대상을 향한 끝없는 사랑을 가능하게 해주기 때문이다. 이렇듯 대상을 향한 그리움을 어쩌지 못하는 시인으로서는 자신이 만나 사랑하고 헤어졌던 사람, 흘러버린 시간 안에 남은 소중한 사람을 섬세하게 각인해간다. 비록 만만찮은 상처와 굴절이 있었겠지만, 이대흠은 자신이 살아가면서 만나 사랑한 이에 대한 절절한 마음을 순연

하게 내비친다. 이 점, 이번 시집의 발원지요 귀착지가 아
닐 수 없다.

　　누군가를 오래 그리다보면 문득 그의 얼굴이 얼룩 속
에서 살아난다 때로는 마음에 두지 않았던 얼굴이 나타
나기도 하지만 뜻하지 않았을지라도 모르는 얼굴은 아
니다 잊힌 한때에 내가 그리워했던 얼굴이거나 나를 잊
지 못한 누군가가 난데없이 방문한 것
　　　　　　　　　　　　　　　　　　　　　—「얼룩의 얼굴」부분

　　그 이름이 하 맑아 그대로 둘 수가 없으면 그 사람은
그냥 푸른 하늘로 놓아두고 맺히는 내 마음만 꽃받침이
되어야지 목련꽃 송이마다 마음을 달아두고 하늘빛 같
은 그 사람을 꽃자리에 앉혀야지 그리움이 아니었다면
어찌 꽃이 폈겠냐고 그리 오래 허공으로 계시면 내가 어
찌 꽃으로 울지 않겠냐고 흔들려도 봐야지
　　　　　　　　　　　　　　　　　　　　　　　　—「목련」부분

　이 두편을 읽어보면 우리는 이대흠이 "누군가를 오래
그리다" 시를 써온 시인임을 알게 된다. 누군가의 얼굴은
아픈 "얼룩 속에서" 생생하게 살아난다. 얼룩은 "너와 나
사이에 있는 터뜨릴 수 없고 말랑한 벽"으로 남는다. 그런
가 하면 "사무쳐 잊히지 않는 이름"으로 남은 '목련'은 "맺

히는 내 마음만 꽃받침"으로 남고자 했던 시간을 떠올리게 한다. "그리움이 아니었다면" 어찌 그런 일이 가능하기나 했을까, "애써 지우려 하면 오히려 음각으로 새겨지는 그 이름"은 언제까지 "사랑의 습관"을 만들어줄까 하는 생각을 시인은 이어간다. 이제 그리움으로 부재를 견디고, 결별을 끝없이 유예하면서, 시인은 부재하는 대상을 현재화한다. 현묘한 사랑의 마음을 언외언(言外言)의 방법으로 표현하면서, 이대흠의 사랑 시편은 이렇게 웅숭깊은 일회적 사건으로서의 서정적 순간을 아름답게 보여준다.

> 당신은 북천에서 온 사람
> 이마에서 북천의 맑은 물이 출렁거린다
> 그 무엇도 미워하는 법을 모르기에
> 당신은 사랑만 하고
> 아파하지는 않는다
>
> 당신의 말은 향기로 시작되어
> 아주 작은 씨앗으로 사라진다
>
> (…)
>
> 당신은 북천에서 온 사람

사랑을 할 줄만 알아서
무엇이든 다 주고
자신마저 남기지 않는다
—「당신은 북천에서 온 사람」 부분

    시인은 "당신은 북천에서 온 사람"이라는 명명을 통해 그 '북천'이 실제 존재하는 고유명사이자 자신이 새롭게 구성한 보통명사임을 알려준다. '북천'은 "그대가/그대로 있는 것만이 사랑"(「북천의 봄」)임을 가능하게 하고, "꽃의 말과 새의 말과 사람의 말이/구분되지 않는"(「북천의 물」) 곳이고, "밝아서 당신이"(「북천의 달빛」) 보이는 곳이기도 하다. "얼고 녹고 부서지고 타버려도/사라지지 않을 알갱이 하나 전하는"(「북천에서 쓴 편지」) 편지를 쓴 곳도 '북천'이다. 그러니 '북천'은 지상의 세속 공간이 아니라 지상의 논리에 한없는 원심력을 부여하는 미학적 공간인 셈이다. 거기서 온 '당신'은 이마에서 맑은 물이 출렁거리고, 향기로 시작하여 작은 씨앗으로 사라지는 말을 가졌다. 사랑할 줄만 알고 스스로를 남기지 않은 채 사라져간 '당신'은 시인이 그토록 그리워했던 이이기도 하고, 끝없는 관찰자로서 발화를 수행했던 '시인 이대흠' 자신인지도 모른다. 이대흠은 깊은 시인이 되어 '북천'을 지키고 있다.

5

시인이란 일상에서 무심히 지나칠 사물의 존재 방식을
통해 삶의 본질을 형상화하는 존재이다. 시인의 밀도 높은
관찰과 표현은 직접적인 정서적 발화를 최대한 삼가면서,
사물의 존재 방식과 삶의 본질을 유추적으로 결합하는 과
정으로 이어진다. 시인이 포착한 사물의 속성들은 인간의
그것으로 치환되고, 존재의 심층에 가라앉은 삶의 이법에
대한 깊은 사유를 가능하게 해준다. 이처럼 사물의 존재
방식을 통해 삶의 비의(秘義)에 가 닿는 과정은 서정시만
의 고유한 생성적 지표일 것이다.

이대흠은 사물과 인간이 호혜적으로 나누는 존재 생성
의 순간을 통해 삶의 비의에 닿으려는 일관된 의지로 어떤
성스러움을 찾아나선다. 그 성소(聖所)가 여러 수평적 공
간들로 나타난 결실이 바로 이번 시집이며, 그 핵심은 '북
천'으로 수렴되어가는 것이다.

대체로 신(神)과 같은 삶의 외재 질서에 귀속되었던 인
간이 스스로 삶의 주체임을 선언한 것이 근대적 사유의 기
초라면, 서정시는 확실히 근대의 저편을 바라보는 양식이
다. 그래서 서정시는 신성한 것에 대한 갈구를 멈추지 않
으며, 미학적 상상력이야말로 새로운 현실을 구성하는 실
재임을 믿는다.

이대흠은 상상력과 현실의 접점에서 형성되는 균형과

중용의 지혜로 자신만의 존재론과 윤리학을 하나하나 완성해간다. 서정시의 가장 중요한 원천이 결핍을 견디는 힘에서 생겨난다는 사실, 마땅히 있어야 할 것의 부재야말로 서정시가 시작되는 원점이라는 사실을 거듭 웅변하면서, 그는 궁극적 성소에 대한 열망으로서의 깊은 서정적 원리를 완성한다. 이대흠의 시적·인간적 국량(局量)을 극점까지 끌어올린 이번 시집이 우리에게 융융한 의미를 띠면서 다가오는 까닭이다.

柳成浩 | 문학평론가

말이 지닌 본디의 것을 살리는 데 애를 썼다.
조금 더 나에게 가까워졌다.
너에게 밀착되었다.

2018년 여름

이대흠

창비시선 425

당신은 북천에서 온 사람

초판 1쇄 발행 / 2018년 8월 31일

지은이 / 이대흠
펴낸이 / 강일우
책임편집 / 최현우
조판 / 박아경
펴낸곳 / (주)창비
등록 / 1986년 8월 5일 제85호
주소 / 10881 경기도 파주시 회동길 184
전화 / 031-955-3333
팩시밀리 / 영업 031-955-3399 편집 031-955-3400
홈페이지 / www.changbi.com
전자우편 / lit@changbi.com

ⓒ 이대흠 2018
ISBN 978-89-364-2425-1 03810

* 이 책은 서울문화재단의 2015년도 문학창작집 발간지원사업의
  지원을 받아 발간되었습니다.